CORRESPONDANCE IMPORTANTE

AU SUJET DU DÉCRET

DU PRÉSIDENT DE LA RÉPUBLIQUE FRANÇAISE

ORGANISANT LE BUREAU GRATUIT

POUR L'ADMINISTRATION

DES FONDATIONS CATHOLIQUES IRLANDAISES

EN FRANCE

(Non livrée à la publicité.)

1. — PARIS, TYPOGRAPHIE GASTON NÉE, RUE CASSETTE, 1.

OBSERVATIONS PRÉLIMINAIRES

Pour bien comprendre la correspondance suivante, il sera utile de mettre en avant quelques observations au sujet des Fondations catholiques irlandaises en France.

1. De tout temps, jusqu'à 1849, les attributions de l'administrateur de ces Fondations et du supérieur du collège Irlandais se réunissaient dans la même personne sous le titre officiel d'administrateur.

2. C'était sur ce titre qu'il était présenté par les quatre archevêques irlandais et accepté par le Gouvernement, tant pour l'administration des biens des Fondations que pour la direction intérieure du collège.

3. Un exemple suffira pour démontrer cet ordre de choses — l'exemple du Très Rév. Dr Mac Sweeny, présenté en 1828 par l'archevêque de Dublin, en son nom, et au nom des autres archevêques. Voici sa lettre de présentation :

« Nous, Daniel Murray, archevêque catholique de Dublin, en notre nom et
« au nom de trois autres archevêques d'Irlande, dont nous avons reçu l'autori-
« sation à cet effet, de la part de tous ayants droit et des intéressés dans les
« établissements irlandais formés de nos propres deniers en France, avons
« nommé et nommons M. l'abbé Patrice Mac Sweeny, du diocèse de Cork en
« Irlande, notre mandataire général par rapport auxdits établissements pour
« toucher les rentes et les revenus des Fondations de quelque nature qu'ils
« soient, les administrer suivant les titres et les lois, traiter avec les débiteurs
« et créanciers, et, à cet égard, donner des quittances valables, obtenir tous
« jugements et les mettre à exécution, et faire généralement tout ce qui sera
« nécessaire pour la pleine administration de nos rentes, revenus, fonda-

« tions et établissements en France, déclarant qu'il est notre mandataire à Paris,
« et qu'il jouit exclusivement de notre confiance ; en foi de quoi nous avons
« signé et muni de notre sceau ces présentes, à Dublin, ce 20 août 1828.

Signé : DANIEL, *Archevêque de Dublin.*

Sur cette présentation, le Ministre de l'Intérieur accepta et nomma le
Rév. Dr Mac Sweeny administrateur des Fondations irlandaises en France par
la lettre officielle suivante :

« Paris, le 10 septembre 1828.

« MONSIEUR L'ABBÉ,

« J'ai l'honneur de vous adresser une ampliation de mon arrêté, par lequel je
vous ai nommé, sur la présentation de Mgrs les évêques catholiques d'Irlande,
administrateur des Fondations irlandaises en France, en remplacement de
M. l'abbé Mac Grath, démissionnaire. Je ne doute pas que ne vous
rendiez digne du choix dont vous êtes l'objet. Je vous envoie, en même
temps, les deux lettres qui vous ont été écrites par Mgr l'archevêque de Dublin,
et dont vous m'avez donné communication.

« Agréez, Monsieur l'abbé, l'assurance de ma considération distinguée.

« *Pour le Ministre, le Directeur des Sciences, Belles-Lettres et Beaux-Arts,*

« *Signé :* V. SIMÉON. »

4. Dans cette manière de nommer l'administrateur des Fondations irlandaises, titre qui comprenait aussi les fonctions et attributions de directeur ou supérieur du collège, comme nous avons observé plus haut, nous voyons un *statu quo*
constitutionnel bien défini pour l'administration du collège des Irlandais à Paris,
reposant sur une prescription immémoriale, et d'ailleurs, clairement affirmé par
des décrets et ordonnances réitérés du Gouvernement français, — un *statu quo*,
en outre, qui engageait la bonne foi dudit Gouvernement envers les évêques
irlandais, de façon à les rendre capables d'exercer ce qui était pour eux un droit
inaliénable, soit quant à la direction d'un établissement relevant essentiellement
de leur charge pastorale, soit quant aux fonds créés pour son entretien par la
charité religieuse de leur nation.

5. Telle était la situation des Fondations irlandaises vis-à-vis du Gouvernement

français, jusqu'en l'an 1849, terme de l'administration de M. Mac Sweeny, quand un Ministre de l'Instruction publique, en suivant des idées difficiles à comprendre, entreprit *de lui-même* et *de sa* propre autorité, et malgré les protestations les plus formelles des évêques irlandais, d'annuler le système jusqu'alors existant, qu'il remplaça par les dispositions suivantes :

1° Le titre de Supérieur, inusité depuis le décret impérial du 28 floréal an XIII, parce que ce décret le comprenait sous le titre d'administrateur, sera repris.

2° Le supérieur est déchargé de l'administration de la propriété du collège, de ses revenus et de ses Fondations.

3° Cette administration est confiée à un fonctionnaire spécial nommé à cette fin, avec le titre dont jouissait le supérieur depuis la séparation des Fondations en 1816, à savoir d'administrateur des Fondations irlandaises en France.

4° Ce nouveau fonctionnaire est nommé directement par le Ministre de l'Instruction publique sans en référer à l'épiscopat irlandais. Il sera Français ou de toute autre nationalité.

5° Ce nouveau fonctionnaire recevra sur les fonds du collège la rétribution de 3,000 francs par an, avec un supplément de 500 francs pour dépenses imprévues.

6° Ce nouveau fonctionnaire aura, de plus, sous sa gestion, la dépense et l'application du surplus des revenus du collège qui excèdent la somme fixée chaque année par le budget réglementaire des dépenses annuelles dudit collège; et il ne rendra ses comptes qu'à celui qui, dans le bureau de l'instruction publique, représente *ad hoc* le ministre.

7° Ce nouveau fonctionnaire sera exempt de toute inspection de la part de l'épiscopat irlandais, et n'aura aucun compte à lui rendre.

8° Ce nouveau fonctionnaire, non seulement sera indépendant du Supérieur, mais au-dessus de lui, en sorte que le Supérieur n'aura de rapports avec LE MINISTRE de l'Instruction publique, ni d'accès auprès de lui, que par son intermédiaire.

9° Attendu qu'il est alloué la somme annuelle de 3,000 francs pour les réparations courantes, ce nouveau fonctionnaire sera seul juge de ce qui doit être exécuté ou omis en tout ce qui concerne l'état et la condition de chaque partie des bâtiments, tant à l'intérieur qu'à l'extérieur, comme aussi en tout ce qui regarde le régime et les besoins des Supérieurs et des étudiants.

En présence d'une innovation si radicale, on se demande naturellement si l'ancien système avait quelque défaut, auquel il fût nécessaire de remédier, et quel est l'avantage gagné par le nouveau. Les résultats comparés des deux systèmes sont la meilleure réponse à cette question.

Pour cette comparaison il suffira de citer deux exemples sur le premier système, ceux des Très Rév. D. D. Walsh et Mac Sweeny, qui seuls ont eu une administration d'une durée considérable.

M. le D' Walsh était un prêtre irlandais transféré en 1787 par les évêques d'Irlande, de concert avec l'Archevêque de Paris, du collège irlandais de Nantes à l'un des collèges irlandais de la capitale, le collège des Lombards, rue des Carmes. Son administration, qui dans le cours du temps s'étendit aussi au collège actuel, rue des Irlandais, dura vingt-deux ans, comprenant ainsi la période tragique de la Révolution, et les temps si agités qui la suivirent.

Pendant la Révolution, il resta à son poste, exposé à chaque instant au danger de perdre sa vie, le fidèle et intrépide gardien, ayant sous ses yeux l'exemple de son ami et compatriote, le Supérieur du collège irlandais à Bordeaux, auquel son indomptable courage pour la conservation de son établissement coûta la vie.

Il sauvait néanmoins le collège de la confiscation, quoiqu'il eût été arrêté par ordre du gouvernement révolutionnaire. Il sauva de plus une somme de 20,000 francs de rentes annuelles, et déploya, en ces circonstances si difficiles et périlleuses, un zèle, une énergie, une habileté et une constance qui lui ont acquis l'admiration universelle. Nous trouvons l'expression de cette admiration dans une déclaration authentique du *Bureau gratuit* institué pendant son administration, qui, dans une de ses séances de fructidor an XI, dit dans un rapport adressé au Ministre de l'Intérieur :

« M. Walsh, au milieu des persécutions qu'il a supportées, n'a pas cessé
« de soutenir les intérêts de sa maison ; il a déployé une grande vigueur dans les
« circonstances difficiles où il se trouvait, et l'on peut dire que c'est à lui que
« le collège irlandais doit sa conservation. Les comptes, dont l'examen a été
« très laborieux, parce que l'administration extérieure de son établissement est
« divisée en autant de parties qu'il y a des bourses, nous paraissent donner le
« plus satisfaisant témoignage de sa gestion. »

Dans l'espace de six ans, par sa prudence et sa bonne administration, il porta le revenu susmentionné de 20,000 à 30,000 francs, économies réalisées à une époque où chacun avait grande peine à conserver son propre bien, et de plus il trouva le moyen de payer une dette de 75,000 francs contractée pour achat de matériaux et travaux de maçonnerie, et il acheta une propriété en face du collège pour la somme de 81,000 francs, économies réalisées par lui sur les revenus annuels des fondations irlandaises ; et, ayant réuni les débris des autres collèges irlandais en France à la maison de Paris, il la laissa en possession d'un revenu montant à 60,000 francs par an.

Nous puisons ces détails dans une défense de sa gestion, qu'il jugea nécessaire de publier en 1814, en réponse à un libellé diffamatoire lancé contre lui, et ses calomniateurs ne purent le contredire en rien.

Enfin, ce digne et bon Irlandais, choisi par les évêques d'Irlande, emportant dans un monde meilleur l'intérêt extraordinaire, qu'il conserva toute sa vie pour les fondations irlandaises en France, consacra par sa volonté suprême et son testament une rente importante et annuelle de plus de 9.000 francs dans le dessein principal de fournir en France des moyens d'éducation aux étudiants ecclésiastiques de l'Irlande.

Nous passons maintenant à l'administration du Très Rév. Dr Mac Sweeny. Lui aussi était un prêtre irlandais présenté par les évêques d'Irlande et, sur cette présentation, comme l'atteste l'acte de sa nomination, nommé par le Gouvernement français, en 1828, administrateur des fondations irlandaises en France, titre sous lequel il fut mis en possession de l'administration entière et absolue du collège, soit pour la direction intérieure, soit pour le soin et la gestion de ses propriétés et revenus de toute nature. Il conserva cette charge jusqu'en 1849, pendant vingt et une années. Son administration maintint le collège en pleine activité, et, par sa judicieuse direction, il augmenta les revenus d'une rente additionnelle et annuelle de 16.368 francs indépendant de la somme de 46.500 francs pour l'achat d'une maison de campagne à Arcueil. Assurément son administration ne fournit aucun motif de retirer des mains des Irlandais les intérêts temporels du collège, ni de suspecter la recommandation de l'épiscopat d'Irlande pour le choix d'un sujet capable et propre à l'administration d'une propriété créée par la charité du peuple irlandais, et qui est pour les évêques d'un intérêt si considérable et sacré.

Ayant ainsi récapitulé le système administratif, qui maintint la gestion temporelle du collège entre les mains du Supérieur, nous allons examiner le changement opéré en 1849, lequel lui enleva cette gestion temporelle, pour la remettre à un fonctionnaire distinct, nommé alors pour la première fois avec le titre réservé au Supérieur même, à savoir d'administrateur des fondations irlandaises en France, combinaison qui nous suggère les observations suivantes :

L'innovation, comme nous venons de le voir, n'était nullement nécessaire, et, comme conséquence logique et morale, on ne pouvait pas avec justice l'imposer à l'établissement avec une rétribution de 3,500 francs, somme excessive et énormément disproportionnée avec le travail exigé, et dépassant les traitements les plus élevés des professeurs et des autres officiers du collège, y compris le Supérieur même. L'abbé Caire, ecclésiastique français, qui fut le premier chargé de l'administration selon le nouveau règlement, fut tellement convaincu de ce fait, après être entré en fonction, qu'il avait grand scrupule, disait-il souvent, de recevoir une aussi large rétribution pour quelques simples formalités officielles (c'était son expression), formalités qui avaient toujours été remplies par le Supérieur jusqu'en 1849, et que le même Supérieur pouvait encore remplir sans aucune difficulté et sans augmentation de traitement. Ses convictions à cet égard se fortifiant de plus en plus, il résolut avant sa mort, en 1856, de résigner cet office ; nous savons qu'il l'avait déclaré, non pas par de simples paroles, mais par lettres qu'il écrivit en ces graves circonstances. Il ajoutait même que la combinaison de 1849, en imposant au collège deux autorités indépendantes, exposait l'établissement à n'en avoir aucune. Nous trouvons ces faits concernant l'abbé Caire dans un mémoire que le Très Rév. Dr Miley, alors Supérieur, adressa à l'Empereur, et qui aboutit de nouveau à la réunion des deux offices dans la personne du Supérieur. Cependant quatre années s'étaient à peine écoulées, quand un autre Ministre de l'Instruction publique rétablit de sa propre autorité l'arrangement de son prédécesseur fait en 1849.

Le nouveau régime, bien loin de réaliser des économies, comme sous l'ancien dans des proportions si remarquables, ne cessait pas de porter, comme nous verrons plus tard, au delà des revenus, et l'administrateur se trouvait obligé de différer d'année en année l'acquittement d'une dette qui s'élevait en 1870 à une somme qu'il n'a pu acquitter qu'au moyen des économies effectuées pendant la vacance du collège à l'occasion de la guerre avec la Prusse, économies que le Supérieur espérait augmenter pour le bien général de l'établissement. Une des conséquences de ce mode d'administration a été l'impossibilité de subvenir aux dépenses des années difficiles, et le Supérieur s'est vu dans la nécessité de recourir à l'expédient très regrettable d'imposer, de temps en temps, une taxe supplémentaire sur les élèves-boursiers pour combler les déficits de compte de dépenses du collège.

En temps de guerre, étrangère ou civile, il y a un danger réel à laisser la propriété et l'administration temporelle du collège entre les mains d'un Français. La neutralité de l'établissement, comme institution appartenant à une nation étrangère, peut n'être pas reconnue. Les événements de la guerre franco-prussienne ont fourni une triste preuve de ce fait important. Lorsque, durant le siège, le collège fut fermé, la responsabilité officielle de l'administrateur le laissait seul et unique gardien de l'établissement, tant de la ville que de la maison de campagne à Arcueil. Dès ce moment, il se sentit dans une fausse position comme Français chargé d'une propriété neutre, et, cédant aux difficultés d'une telle position, il commença par abandonner la maison de campagne. Les troupes françaises, la trouvant inoccupée, en prirent possession, et, n'ayant, comme il paraît, ni ordre, ni discipline, elles la laissèrent dans un état complet de dégradation.

Survinrent ensuite l'insurrection de Paris et la Commune. L'administrateur reconnut que sa présence au collège était à la fois un danger pour lui et pour l'établissement. Cédant à cette impression, il pourvut à sa sécurité personnelle en se cachant ; et, si l'Irlande a son établissement conservé, ce n'est point à l'administrateur qu'elle le doit, comme lui-même l'avouait, mais bien à la Providence, et à la fermeté et à l'intelligence d'un domestique de la maison,

Ce qui est arrivé déjà peut encore arriver de temps en temps dans un pays si sujet à ces commotions intestines. Aussi la situation serait un sujet continuel de sollicitude pour la sécurité des fondations, si elles étaient placées en dehors de l'administration du Supérieur.

Dans ces observations nous voyons un contraste complet entre la reprise existant depuis la fondation, et qui laissait aux mains du Supérieur l'administration du temporel et le nouveau régime introduit en 1849 par le Ministre de l'Instruction publique de son autorité privée, sans aucun égard pour les évêques d'Irlande, gardiens naturels, — contraste qui montre, d'un côté, une prospérité continuelle et progressive jusqu'au dernier moment, et, de l'autre, non seulement la cessation de cette prospérité, mais des difficultés, des embarras et des dangers, qui ne pourraient aller qu'en augmentant tant que le nouvel ordre de choses serait maintenu.

Nous sommes maintenant arrivés aux circonstances qui amenèrent l'occasion de la correspondance suivante :

La guerre avec la Prusse terminée, et le collège étant rouvert après avoir été fermé pendant quinze mois, trois des évêques d'Irlande vinrent à Paris pour faire la visite d'usage du collège, et prendre connaissance de la situation générale des fondations après la guerre ; et, trouvant la maison de campagne dévastée, et les immeubles de la ville, y compris le collège, dans un état de dégradation, et que de 80,000 francs, revenu annuel, il ne restait après une vacance si prolongée que 11,000, la balance ayant été absorbée par des dettes déjà contractées, les vénérables prélats se sentirent dans l'obligation de s'adresser au Gouvernement afin de voir comment remédier à un état de choses si fâcheux. M. Jules Simon était alors ministre de l'Instruction publique, et il ne fut pas difficile de s'entendre avec lui ; et, en effet, les deux points suivants furent arrêtés, à savoir : 1° que les fondations resteraient sous la haute surveillance du Gouvernement français, et 2° que l'office spécial d'administrateur serait supprimé — mesure par laquelle une économie de 3,500 francs par an serait réalisée, en annexant les fonctions de cet office à la direction du collège, qui n'exigerait rien pour le travail que la satisfaction de rendre ce service à l'établissement dont elle est chargée.

Les évêques et le ministre étant tombés d'accord sur ces bases, l'affaire fut confiée au Conseil d'État pour élaborer un décret, qui donnerait suite à ces deux stipulations en y ajoutant d'autres provisions qui paraîtraient utiles dans l'intérêt des fondations. Le décret du 22 janvier fut le résultat des délibérations de cet éminent corps. Mais malheureusement il fut rédigé sans consultation, soit avec l'Archevêque de Paris, soit avec l'épiscopat irlandais, soit même avec le Supérieur du collège, et, conséquence toute naturelle, quand il fut rendu, il fut trouvé ne pas répondre sur plusieurs points à la situation ; et c'est pour suppléer à ces défauts que la correspondance suivante eut lieu.

Versailles, 22 janvier 187;

Le Président de la République française,

Sur le rapport du Ministre de l'Instruction publique, des Cultes et des Beaux-Arts;

Vu les lettres patentes des 16 septembre 1623, 16 janvier 1672 et du mois d'août 1677, autorisant l'établissement à Paris du collège des Irlandais;

Vu l'arrêté des consuls du 19 fructidor an IX, le décret du 28 floréal an XIII, les ordonnances des 21 juin 1814, 30 octobre 1815, 12 août 1817, 17 décembre 1818, rétablissant ou réorganisant le bureau gratuit d'administration institué en 1736 sous le nom de commission;

Vu les arrêtés ministériels des 6 février et 28 novembre 1850, 11 août 1856 et 1858, qui ont successivement réuni, puis séparé les fonctions de Supérieur et d'administrateur du séminaire irlandais;

Le Conseil d'État entendu,

DÉCRÈTE :

ARTICLE PREMIER.

Le Supérieur du collège des Irlandais établi à Paris est nommé par le Ministre de l'Instruction publique et révoqué par lui.

Il est choisi parmi les prêtres catholiques d'Irlande.

Aussitôt après sa nomination, il devra, s'il n'est pas naturalisé, demander l'autorisation d'établir son domicile en France, pour obtenir la jouissance des droits civils.

ART. 2.

Le Supérieur est chargé de la direction intérieure du collège, sous l'autorité du Ministre de l'Instruction publique.

Art. 3.

La régie des biens et des fondations est confiée, sous l'autorité du Ministre de l'Instruction publique, au bureau gratuit institué par l'ordonnance royale de 1736, l'arrêté du 19 fructidor an IX (art. 3), le décret du 28 floréal an XIII (art. 14), les ordonnances des 21 juin 1814 (art. 4), 30 octobre 1815, 12 août 1817 (art. 1ᵉʳ) et 17 décembre 1818 (art. 18).

Le bureau gratuit sera désormais composé de sept membres, savoir :

Un conseiller d'État ;
Un conseiller à la Cour de cassation ;
Un conseiller à la Cour des comptes ; .
élus par le corps auquel ils appartiennent ;
Un délégué de l'Archevêque de Paris ;
Deux membres désignés par le Ministre de l'Instruction publique et des Cultes ;
Le Supérieur du collège.

Art. 4.

Le bureau élit dans son sein, parmi les membres autres que le Supérieur, un président et un secrétaire. Il s'assemble au moins une fois par mois, sur la convocation du président.

Il ne peut délibérer si la majorité des membres n'est présente.

Les délibérations sont signées par tous les membres qui y ont pris part.

Les frais de bureau ne peuvent dépasser annuellement la somme de cinq cents francs.

Art. 5.

Le Président a voix prépondérante en cas de partage.

Il représente le bureau gratuit auprès du Ministre de l'Instruction publique et correspond avec l'administration.

Art. 6.

Un délégué du bureau, choisi parmi les membres autres que le Supérieur, a la garde des titres ; il est chargé de toucher les revenus mobiliers et immobiliers. Il représente l'établissement vis-à-vis des tiers et pour tous les actes de la vie civile.

Les revenus qu'il recouvre sont versés par lui intégralement et sans retard au Trésor, qui ouvre un compte courant au Ministre de l'Instruction publique pour le service de l'établissement.

Il transmet au Ministre les récépissés délivrés par le Trésor.

Sur le vu de ces récépissés et des propositions de dépenses faites par le bureau gratuit, conformément au budget ou aux décisions spéciales, le Ministre délivre des mandats sur le Trésor.

ART. 7.

Le Ministre de l'Instruction publique nomme les professeurs. Il nomme aussi l'économe, sur la proposition du bureau gratuit.

ART. 8.

Les budgets et les comptes et la nomination aux bourses sont approuvés par le Ministre de l'Instruction publique, sur la proposition du bureau gratuit. Les emplois de fonds disponibles, les baux à long terme, les acquisitions à titre gratuit ou à titre onéreux, les transactions et les instances judiciaires seront soumis aux formes, approbations ou autorisations prescrites pour les établissements publics.

ART. 9.

Toutes les dispositions contraires au présent décret sont et demeurent abrogées.

ART. 10.

Le Ministre de l'Instruction publique, des Cultes et des Beaux-Arts est chargé de l'exécution du présent décret.

Fait à Versailles, le 22 janvier 1873.

Signé : A. THIERS.

Par le Président de la République :
Le Ministre de l'Instruction publique, des Cultes et des Beaux-Arts,
Signé : JULES SIMON.

Pour ampliation :
Le chef de la division de la comptabilité centrale,
A. BOUIN.

LETTRE DE L'ARCHEVÊQUE DE PARIS A M. JULES SIMON, MINISTRE DE L'INSTRUCTION PUBLIQUE

ARCHEVÊCHÉ

DE PARIS

— ᴐ˙᠔ᴏ —

Paris, le 5 février 1873.

MONSIEUR LE MINISTRE,

Vous m'avez fait l'honneur de m'adresser une ampliation du décret du 22 janvier qui réorganise l'administration du collège des Irlandais établi à Paris.

L'article 3 de ce décret règle qu'un délégué de l'Archevêque de Paris fera partie du bureau gratuit de la nouvelle administration du collège.

A ce titre, je me permettrai, Monsieur le Ministre, quelques observations sur la teneur et sur les termes du décret dont il s'agit.

Je ne connais pas exactement tous les documents qui se rapportent à l'origine de cette fondation, ni les formes sous lesquelles elle a été anciennement administrée, mais je sais qu'aujourd'hui cette maison est un établissement semblable à nos grands séminaires, destiné à l'éducation des jeunes clercs irlandais qui se préparent au Sacerdoce. Je sais, en outre, que les quatre archevêques d'Irlande sont chargés par l'Épiscopat de ce pays d'exercer leur vigilance sur l'enseignement et les intérêts spirituels de jeunes gens qui leur seront rendus un jour pour être employés dans leurs Diocèses.

Dans un tel état de choses, il me semble, Monsieur le Ministre, que le Supérieur de ce collège ou séminaire ne devrait pas être nommé par le Ministre, sans la participation des évêques d'Irlande, et que ceux-ci devraient avoir au moins un droit de présentation.

La même réflexion s'offre à mon esprit avec encore plus de force au sujet de la nomination des professeurs. Il conviendrait, selon moi, que le Supérieur, qui représente dans cette maison les évêques d'Irlande, choisît les professeurs et soumît leur nomination à l'agrément du Ministre.

Il est dit, dans l'article 2 du décret, que le Supérieur est chargé de la direction *intérieure*, sous l'autorité du Ministre de l'Instruction publique. Cette manière de s'exprimer ne me paraît pas correcte, car cette direction *intérieure* ne peut avoir d'autre objet que l'enseignement de la théologie et la formation des jeunes clercs aux vertus ecclésiastiques.

L'article 4 porte que le bureau gratuit se réunira au moins une fois par mois. Je pense que des réunions trimestrielles devraient suffire ; plus fréquentes, elles seront, sans une vraie utilité, une cause de dérangement pour les membres du bureau.

Enfin, je pense que l'économe devrait être nommé *sur la présentation du Supérieur,* et que les candidats pour les bourses devraient être également présentés par le même Supérieur. Ce mode serait plus simple et offrirait les mêmes avantages que le système du décret ; car, en définitive, les membres du bureau ne présenteront que les sujets désignés par le chef de l'établissement.

Telles sont, Monsieur le Ministre, les observations que m'a suggérées la lecture du décret du 22 janvier, et que je crois devoir soumettre à votre sage appréciation.

J'ajouterai, Monsieur le Ministre, qu'il me semblerait tout à fait convenable que la nouvelle organisation, créée par le décret du 22 janvier, ne fût définitivement arrêtée qu'après une entente préalable entre le Gouvernement français et les Archevêques d'Irlande, chargés de représenter les intérêts de la fondation.

Agréez, Monsieur le Ministre, l'assurance de ma haute considération,

Signé : † J. HIPPOLYTE, *Archevêque de Paris.*

LETTRE DE M. JULES SIMON, MINISTRE DE L'INSTRUCTION PUBLIQUE, A L'ARCHEVÊQUE DE PARIS.

MINISTÈRE
DE L'INSTRUCTION PUBLIQUE
——
Division de la comptabilité.
—
2ᵉ bureau.
—◦◊◦—

Paris, le 7 mai 1873.

MONSEIGNEUR,

J'ai l'honneur d'adresser ci-joint à Votre Grandeur ampliation du décret du 22 janvier dernier réorganisant près mon ministère le *bureau gratuit* qui avait été chargé par l'ordonnance royale de 1736 et par diverses décisions postérieures de la régie des fondations irlandaises établies en France.

Ce décret, Monseigneur, vous avait déjà été communiqué par mes soins et vous avez bien voulu à cette occasion me présenter quelques observations dans votre lettre du 5 février dernier.

Les objections de Votre Grandeur portaient : 1° sur l'article premier qui attribue au Ministre de l'Instruction publique la nomination et la révocation du Supérieur du collège des Irlandais ; 2° sur l'article 2 établissant que c'est sous l'autorité du Ministre que le Supérieur dirige le collège ; 3° enfin, sur l'article 7, qui laisse au Ministre la nomination des professeurs.

Le chef de la division de comptabilité, que j'avais chargé de conférer à ce sujet avec Votre Grandeur, vous a fourni en mon nom des explications qui ont paru donner satisfaction à vos légitimes scrupules.

Il a ajouté, ce que je m'empresse de répéter ici, que le Ministre, tout en maintenant son droit, n'entendait pas s'en tenir à la lettre stricte du décret, qu'il inviterait les évêques à lui faire des présentations pour toute nomination, même pour celle des boursiers, et que, quant à la direction intérieure il ne s'en mêlerait qu'en ce qui concerne le temporel ; qu'en cela d'ailleurs il ne ferait que se conformer aux vues du Conseil d'État qui, dans un avis préalable relatif au décret, avait émis une opinion dans ce sens.

Il me reste, Monseigneur, à prier Votre Grandeur de vouloir bien me désigner son délégué qui, aux termes de l'article 3 du décret, est appelé à faire partie du bureau gratuit.

Daignez agréer, Monseigneur les assurances de ma haute considération et de mon profond respect.

Le Ministre de l'Instruction publique et des Cultes.

Signé : JULES SIMON.

LETTRE DE M. JULES SIMON
AU SUPÉRIEUR DU SÉMINAIRE IRLANDAIS PASES.

MINISTÈRE
DE L'INSTRUCTION PUBLIQUE
DES CULTES
ET DES BEAUX-ARTS

Division de la comptabilité.

2ᵉ bureau.

—◦◊◦—

Paris, le 7 mai 1873.

MONSIEUR LE SUPÉRIEUR,

J'ai l'honneur de vous adresser ci-joint ampliation d'un décret du 22 janvier 1873 réorganisant près mon Ministère le *bureau gratuit* qui avait été chargé, par l'ordonnance royale de 1736 et par diverses décisions postérieures, de la régie des Fondations irlandaises établies en France.

Aux termes de l'article 3 de ce décret, vous êtes désigné, Monsieur le Supérieur, comme devant faire parti du bureau.

Cette réorganisation rendra désormais superflues les fonctions d'administrateur des Fondations qui avaient été confiées par mon département à M. l'abbé Ouin-la-Croix et qui cesseront le jour où la nouvelle administration tiendra sa première séance.

Je n'ignore pas, Monsieur le Supérieur, que vous portez un grand attachement à cet estimable ecclésiastique ; aussi je m'empresse de vous informer que je vais faire tous mes efforts pour lui attribuer un emploi comme compensation de celui qu'il perd aujourd'hui par la force des choses, et sans avoir démérité ; j'ajouterai que j'espère qu'en attendant ce dédommagement, le bureau voudra bien proposer, au même titre, en faveur de M. Ouin-la-Croix, une allocation sur les ressources des Fondations qu'il a pendant si longtemps administrées dignement et avec zèle.

Recevez, Monsieur le Supérieur, l'assurance de ma considération très distinguée.

Le Ministre de l'Instruction publique et des Cultes,
JULES SIMON.

LETTRE DU SUPÉRIEUR DU COLLÈGE IRLANDAIS A PARIS
A M. LE MINISTRE DE L'INSTRUCTION PUBLIQUE

Collège des Irlandais. — Paris, 14 mai 1873.

MONSIEUR LE MINISTRE,

J'ai l'honneur de vous accuser réception de votre honorée dépêche du 7 courant, en même temps que d'une copie du décret du Conseil d'État concernant les Fondations catholiques irlandaises en France.

J'ai examiné ce décret très important avec beaucoup d'attention, et, pendant que je reste convaincu que le Conseil d'État, en l'adoptant, était animé de la plus bienveillante sollicitude à l'égard des intérêts de nos Fondations d'éducation en ce pays, je pense, néanmoins, qu'il est du devoir de ma position de placer sous vos yeux quelques observations qui me sont suggérées par l'influence et les effets possibles de ce décret à l'égard des traditions administratives de cet établissement.

Ces traditions, suivies comme elles l'ont été pendant une longue série d'années, ont établi un système fixe, réglé en partie par l'usage, en partie par des statuts positifs, sanctionnés à la fois par l'Épiscopat irlandais et par le Gouvernement français, et qui, entre autres choses, ont établi les points suivants :

1º Que le Supérieur soit présenté par les évêques d'Irlande, approuvé par l'Archevêque de Paris, comme l'Ordinaire du diocèse, et que, sur cette présentation et approbation, il soit nommé par le Ministre de l'Instruction publique : de même que sa révocation soit provoquée par les mêmes dits évêques d'Irlande ou par l'Archevêque de Paris;

2º Que le Supérieur présente l'économe et les professeurs au Ministre de l'Instruction publique, qui, sur cette présentation, les nomme à leurs emplois respectifs;

3º Que les évêques d'Irlande, chacun pour son propre diocèse, selon un arrangement pris à cet effet, présente des boursiers, de même que des pensionnaires, à mesure qu'il y ait place pour ces derniers dans le collège;

4º Que le Supérieur soit chargé de la direction de l'établissement, en tout ce qui concerne l'enseignement, la discipline et les pratiques de religion, sous la surveillance et l'autorité des évêques d'Irlande, en observant en même temps ce qui est dû aux droits de l'Archevêque de Paris, en sa qualité d'Ordinaire local, ainsi qu'à ceux du Ministre de l'Instruction publique.

Ce système d'administration a été le résultat naturel et nécessaire d'événements, tant en Irlande qu'en France, qui, depuis longtemps, ont complètement modifié le caractère du Collège irlandais de Paris, lequel, d'institution pour l'éducation générale, a été transformé en séminaire ecclésiastique, le plaçant par là en rapports avec les évêques d'Irlande pareils à ceux des grands séminaires de France avec les évêques des diocèses respectifs.

En cet état de choses, vous comprendrez, monsieur le Ministre, que je suis strictement obligé par les devoirs de ma place d'informer les évêques d'Irlande du présent décret, surtout à cause que, dans les démarches préliminaires qui lui ont donné occasion de paraître, leurs Seigneuries, comme vous voudrez bien vous le rappeler, ne demandaient rien de plus que de réunir à la charge du Supérieur les attributions de l'administrateur, conformément à l'état existant de tout temps pour la direction du Collège jusqu'en 1849, et leurs Seigneuries s'attendent en particulier à apprendre de ma part comment le présent décret doit être mis en exécution d'une manière compatible avec le système traditionnel si longtemps en vigueur.

L'assemblée de l'Épiscopat irlandais, à Maynooth, le 22 juin prochain, à laquelle je dois assister par l'obligation de ma charge, me fournira l'occasion de présenter aux évêques d'Irlande tous ces renseignements importants. C'est pourquoi je me trouve dans la nécessité de vous prier, monsieur le Ministre, d'avoir l'obligeance de me procurer des explications telles, qu'elles me mettraient à même de satisfaire cette légitime attente des prélats réunis.

J'ajoute, monsieur le Ministre, que je profiterai de la même occasion pour obtenir de nos évêques la permission d'accepter l'honneur que le Conseil d'État a la condescendance de m'accorder, d'être un des membres du *Bureau gratuit* projeté, dans quel cas je me considérerai moi-même comme leur représentant dans ledit Bureau, de même que le délégué de l'Archevêque de Paris y sera le représentant de Sa Grandeur.

J'ai l'honneur d'être, avec un profond respect, monsieur le Ministre, votre très humble et obéissant serviteur.

Le Supérieur du Collège irlandais,
MAC NAMARA.

LETTRE DE
M. WADDINGTON, MINISTRE DE L'INSTRUCTION PUBLIQUE,
A M. LE SUPÉRIEUR DU COLLÈGE IRLANDAIS, A PARIS

MINISTÈRE
DE L'INSTRUCTION PUBLIQUE
DES CULTES
ET DES BEAUX-ARTS

Direction de la comptabilité.

2ᵉ bureau.
—◦◇◦—

Paris, le 23 mai 1873.

MONSIEUR LE SUPÉRIEUR,

Par votre lettre du 13 mai courant, en m'accusant réception de ma dépêche du 7 mai relative à la réorganisation du bureau gratuit chargé de la régie des Fondations irlandaises établies en France, vous m'avez soumis quelques observations relatives aux articles 1, 2 et 7 dudit décret, attribuant au Ministre de l'Instruction publique la nomination et la révocation du Supérieur du Collège irlandais, la nomination des professeurs, et établissant que c'est sous l'autorité du Ministre que le Supérieur dirige le collège.

Déjà, Monseigneur l'Archevêque de Paris m'avait, sur le même sujet, présenté des objections analogues. J'ai eu l'honneur de lui fournir des explications qui ont pu donner satisfaction à ses légitimes scrupules.

Je m'empresse, Monsieur le Supérieur, de vous assurer, ainsi que je l'ai écrit à Sa Grandeur, que le Ministre, tout en maintenant son droit, n'entend pas s'en tenir à la lettre stricte du décret; qu'il invitera les Évêques à lui faire des présentations pour toute nomination, même pour celle des boursiers, et que, quant à la direction intérieure, il ne s'en mêlera qu'en ce qui concerne le temporel; qu'en cela, d'ailleurs, il ne fera que se conformer aux vues du Conseil d'État, qui, dans un avis préalable relatif au décret, avait émis une opinion dans ce sens.

Les déclarations qui précèdent correspondent, je crois, aux desiderata contenues dans votre lettre précitée, et j'espère que vous voudrez bien les considérer comme de nature à dissiper vos justes susceptibilités.

Recevez, Monsieur le Supérieur, l'assurance de ma considération très distinguée.

Le Ministre de l'Instruction publique,
WADDINGTON.

LETTRE DU CARDINAL CULLEN, ARCHEVÊQUE DE DUBLIN, A M. BATBIE, MINISTRE DE L'INSTRUCTION PUBLIQUE

Maynooth, ce 26 juin 1873.

MONSIEUR LE MINISTRE,

Les archevêques et évêques d'Irlande, assemblés à Maynooth le 25 juin, pour les affaires de leurs séminaires ecclésiastiques, ont reçu le rapport des évêques de Cloyne et de Kerry, délégués par eux pour l'inspection annuelle du séminaire des Irlandais, à Paris.

L'état du séminaire, par rapport à la discipline, aux études et à tout ce qui regarde le personnel, est satisfaisant au plus haut degré.

Ils ont vu cependant, avec le plus grand regret, un décret du 22 janvier 1873, rendu par M. Thiers, alors Président de la République, et contresigné par M. Jules Simon, alors Ministre de l'Instruction publique, qui soumet à un nouveau règlement l'administration des fondations irlandaises, et la nomination du personnel du séminaire irlandais.

Les explications officielles données par M. J. Simon à Sa Grandeur Monseigneur l'Archevêque de Paris, dans sa lettre du 7 mai 1873, et à M. le Supérieur du séminaire, dans sa lettre de même date, ne peuvent nullement contenter mes vénérables collègues qui, d'ailleurs, ne peuvent pas paraître approuver par leur silence les principes du décret qui sont essentiellement opposés aux droits et aux attributions légitimes du pouvoir ecclésiastique.

La lettre de Votre Excellence du 17 juin, adressée à Monseigneur l'évêque de Kerry et dont lecture nous a été donnée, dans laquelle vous voulez bien promettre de présenter au Conseil d'État un nouveau projet de décret qui puisse satisfaire aux objections déjà faites par Monseigneur l'Archevêque de Paris et Monseigneur l'évêque de Kerry, fait espérer à Messeigneurs un arrangement compatible avec la juridiction ordinaire de l'Archevêque de Paris et avec les droits et intérêts des évêques d'Irlande.

Ils me chargent de faire connaître à Votre Excellence les graves difficultés que soulève le décret de M. Thiers :

1º L'article premier retire aux archevêques d'Irlande le droit qui leur a été jusqu'ici reconnu pour la nomination du Supérieur du séminaire.

2º L'article 2 soumet au Ministère de l'Instruction publique la direction intérieure du séminaire qui est une attribution purement spirituelle.

3º L'article 3 soumet à un bureau, dont la grande majorité est composée de laïques, le gouvernement d'un séminaire qui est et qui doit rester strictement ecclésiastique.

4º Les articles 4 et 6 excluent de la présidence du bureau et des relations directes avec le ministère, ainsi que de la garde des titres et des archives, le Supérieur du séminaire, qui est le seul représentant des évêques d'Irlande.

5º L'article 7 attribue au Ministre de l'Instruction publique, qui peut être et qui a été parfois non-catholique ou protestant, la nomination des professeurs de théologie et de philosophie. et lui soumet par conséquent l'éducation ecclésiastique du futur clergé d'Irlande — prétention que nos devoirs d'évêques ne nous permettront jamais d'accepter, et que le Gouvernement britannique même, dans les plus mauvais jours de persécution religieuse, ne s'est jamais arrogé.

Mes vénérés collègues prient donc Votre Excellence de faire retirer ce décret odieux du 22 janvier 1873, et, par un nouveau décret, de faire réunir, comme par l'office de l'administrateur des fondations irlandaises à celui de Supérieur du séminaire, réservant toujours au Gouvernement français la protection et surveillance de ces fondations, droit qu'il a toujours exercé avec justice et au grand profit de l'église d'Irlande. Messeigneurs demandent que ce nouveau décret reconnaisse aux archevêques d'Irlande le droit toujours exercé par eux de choisir le Supérieur-administrateur, les professeurs et autres officiers du séminaire, et qu'il sauvegarde le séminaire, dans sa direction intérieure, de l'intervention laïque.

Ce sont là, Monsieur le Ministre, les représentations que je suis chargé par mes vénérables collègues de l'épiscopat irlandais, de transmettre à Votre Excellence. J'ose espérer qu'elles seront accueillies avec l'esprit catholique qui distingue les hommes éminents auxquels la Providence a confié, dans ce moment, les destinées de votre nation, et avec une bienveillance digne des sympathies qui ont existé, depuis tant de siècles, entre l'Irlande et la France.

Agréez, Monsieur le Ministre, l'assurance du profond respect avec lequel j'ai l'honneur d'être de Votre Excellence le très humble serviteur.

† PAUL, CARDINAL CULLEN.

LETTRE DE MONSEIGNEUR L'ARCHEVÊQUE DE PARIS
AU CARDINAL CULLEN, ARCHEVÈQUE DE DUBLIN

ARCHEVÊCHÉ

DE PARIS

—ه‌ه‌ه—

Paris, le 12 juillet 1873.

ÉMINENCE,

J'ai reçu la lettre que vous m'avez fait l'honneur de m'écrire le 28 juin, et la copie des réclamations adressées au Ministre de l'Instruction publique et des Cultes, par NN. SS. les Archevêques et Évèques d'Irlande touchant la nouvelle organisation du Collège des Irlandais à Paris.

Il est fâcheux qu'on ait laissé préparer le nouveau décret sans que quelqu'un fût chargé, au nom des Évêques d'Irlande, de surveiller cette rédaction et, au besoin, de faire les observations nécessaires. Je crois que l'on aurait obtenu toutes les modifications désirables.

Maintenant la chose est plus difficile, puisqu'il faudrait rapporter le premier et en faire un nouveau. Cependant, étant très bien disposé, on peut espérer qu'il fera droit aux réclamations si bien motivées que Votre Éminence et les autres prélats d'Irlande ont présentées dans les termes les plus convenables.

Soyez bien convaincu, Éminence, que je ferai tout ce qui sera en moi pour seconder vos efforts auprès du Gouvernement. Les observations contenues dans votre lettre au Ministre sont les mêmes que je lui ai adressées aussitôt que j'ai eu connaissance du décret. Quoique je n'aie pas qualité officielle pour intervenir dans cette affaire, je profiterai de toutes les occasions qui se présenteront pour agir dans le sens de vos réclamations, qui me paraissent parfaitement justes et bien fondées.

Veuillez bien agréer, Éminence, l'hommage du profond respect et de l'entier dévouement avec lequel je suis,

De Votre Éminence, l'humble et obéissant serviteur.

† J. HIPPOLYTE, *Archevêque de Paris.*

LETTRE DE M. BATBIE, MINISTRE DE L'INSTRUCTION PUBLIQUE, AU CARDINAL CULLEN, ARCHEVÈQUE DE DUBLIN.

MINISTÈRE
DE L'INSTRUCTION PUBLIQUE
DES CULTES
ET DES BEAUX-ARTS

Division de la comptabilité.
—
2ᵉ bureau.
—∞◇∞—

Paris, le 8 septembre 1873.

MONSEIGNEUR,

Vous m'avez fait l'honneur de me soumettre, en votre nom et au nom de NN. SS. les archevêques et évêques d'Irlande, diverses observations au sujet du décret du 22 janvier dernier, qui réorganise le bureau gratuit chargé de régir les fondations irlandaises établies en France par mon département.

Vos principales objections portent sur ce que ce décret, ne contenant pas de mention qui établisse que c'est sur la proposition des évêques d'Irlande que le Ministre de l'Instruction publique nomme le Supérieur du collège, l'économe, les professeurs et les élèves boursiers, semble priver le haut clergé irlandais d'une prérogative que l'usage lui a jusqu'à présent reconnue, et vous exprimez le désir que ce décret soit abrogé et remplacé par un autre qui réunirait l'office d'administrateur des Fondations à celui de Supérieur du collège.

Il ne m'appartient pas, Monseigneur, de suspendre l'exécution d'un décret qui est l'œuvre propre du Conseil d'État, pour y substituer un état de chose qu'aucune règle fixe n'avait sanctionné ; mais je n'hésite point à faire ratifier par une décision les engagements que mon prédécesseur a pris vis-à-vis de Monseigneur l'Archevêque de Paris dans sa lettre du 7 mai dernier et auquel j'acquiesce moi-même, savoir que le Ministre de l'Instruction publique nommera, sur la présentation des évêques d'Irlande, le personnel du Collège irlandais.

Je vais donc, Monseigneur, proposer au Conseil d'État le projet d'un décret complémentaire dans ce sens ; et aussitôt qu'il aura été revêtu de la signature de M. le Président de la République, je m'empresserai d'en adresser une ampliation à Votre Éminence.

Daignez agréer, Monseigneur, l'assurance de ma haute considération.

Le Ministre de l'Instruction publique et des Cultes,
A. BATBIE.

LETTRE DE L'ÉVÊQUE DE KERRY, EN IRLANDE, AU MINISTRE DE L'INSTRUCTION PUBLIQUE.

MINISTÈRE
DE L'INSTRUCTION PUBLIQUE
ET DES BEAUX-ARTS
———
CABINET
———
*Bureau de l'enregistrement
général et des archives.*

Nº 8450
—o჻o—

Killarney (Irlande), le 30 juin 1874.

EXCELLENCE,

Comme secrétaire des évêques d'Irlande pour les affaires du Collège irlandais à Paris, j'ai l'honneur de vous informer que Messeigneurs, assemblés à Maynooth le 24 de ce mois, m'ont chargé de rappeler à Votre Excellence leur mémoire adressé l'année passée au Ministre de l'Instruction publique, dans le but d'obtenir, par son intermédiaire, une modification du décret du Conseil d'État, concernant les Fondations irlandaises, à l'effet de reconnaître leurs droits de présenter à l'acceptation du Ministre le Supérieur, l'économe, les professeurs et boursiers du Collège irlandais ; et que le Supérieur soit éligible, dans le sein du bureau à l'office de trésorier, conformément au statu quo qui existait dans les conditions du collège jusqu'en 1849.

Le vénérable Épiscopat irlandais espère que leurs demandes si justes ne manqueront pas d'être favorablement accueillies par le Conseil d'État, et il me charge de prier Votre Excellence de les appuyer par l'autorité de votre office auprès du corps honorable.

J'ai l'honneur d'être, de Votre Excellence, etc., etc.

† DAVID MORIARTY, *Évêque de Kerry.*

DÉCRET SUPPLÉMENTAIRE

Le Président de la République française,

Sur le rapport du Ministre de l'Instruction publique et des Beaux-Arts,

Vu le décret du 22 janvier 1873, portant réorganisation du collège des Irlandais ;

Le Conseil d'État entendu,

Décrète :

ARTICLE PREMIER.

Le premier paragraphe de l'article Ier, l'article 7 et l'article 8 du décret du 22 janvier 1873, sont modifiés ainsi qu'il suit :

Art. Ier, § Ier. Le supérieur du collège des Irlandais établi à Paris est nommé par le Ministre de l'Instruction publique, sur la proposition de l'archevêque de Paris ; il est révoqué par le Ministre.

Art. 7. Le Ministre de l'Instruction publique nomme les professeurs et l'économe, sur la proposition de l'Archevêque de Paris.

La nomination des boursiers est faite conformément aux titres de fondation.

Elle est confirmée par le Ministre de l'Instruction publique, après avis de l'Archevêque de Paris et du bureau gratuit.

Art. 8. Les budgets et les comptes sont approuvés par le Ministre de l'Instruction publique, sur la proposition du bureau gratuit.

Les emplois de fonds disponibles, les baux à long terme, les acquisitions à titre gratuit ou à titre onéreux, les transactions et les instances judiciaires seront soumis aux formes, approbations ou autorisations prescrites pour les établissements publics.

ARTICLE 2.

Le Ministre de l'Instruction publique et des Beaux-Arts est chargé de l'exécution du présent décret.

Fait à Paris, le 1er mai 1878.

Signé : MARÉCHAL DE MAC MAHON.

Par le Président de la République,

Le Ministre de l'Instruction publique et des Beaux-Arts,

Signé : A. BARDOUX.

POUR AMPLIATION :

Le chef du Cabinet et du Secrétariat,

CHARMES.

OBSERVATIONS FINALES

On a jugé utile de faire imprimer la correspondance qui précède, dans le but d'assurer aux Fondations irlandaises en France une administration constante et uniforme.

Il serait à désirer que M. le Ministre de l'Instruction publique eût parlé plus explicitement au sujet du temporel, en sa lettre du 7 mai 1873 à Mgr l'archevêque de Paris. Il dit seulement « qu'en ce qui concerne le temporel il ne ferait que se conformer aux vues du Conseil d'État, qui, dans un avis préalable relatif au décret, avait émis une opinion dans ce sens ». Mais la lacune est plus que suppléée par la présence d'un membre de ce corps illustre, M. le marquis de Ségur, élu par ses collègues pour les représenter comme membre du Bureau gratuit à sa création, et qui, par le fait, était en mesure de donner une interprétation des plus authentiques de ce que voulait le Conseil d'État. Pour cette raison, et aussi à cause de ses éminentes qualités, les membres du Bureau gratuit, à leur première réunion, le nommèrent leur président, et, sous sa sage direction, le Bureau adopta dès le commencement l'arrangement suivant : 1° de confier ses ordres et décisions à son délégué pour les faire exécuter ; 2° que le délégué dans toutes les choses du détail, y compris des réparations d'une importance secondaire profiterait de la coopération de l'économe du collège sous la sanction du Supérieur ; 3° que l'économe emploierait l'architecte des fondations avec les entrepreneurs usuels pour exécuter les travaux prescrits de concert avec le délégué auquel il rendrait compte des dépenses par des mémoires « dûment réglés par l'architecte, pour être présentés au Bureau avec les explications nécessaires selon la nature des travaux exécutés ».

Le Bureau estimait que cette coopération de la part de l'économe était d'autant plus nécessaire, par la raison que, le décret n'allouant point de rétribution au délégué, il ne serait pas raisonnable d'attendre qu'il consacrerait son temps et sa sollicitude sans cette coopération aux détails de l'administration des Fondations.

Aussi l'économe, de concert avec le délégué, dressait le budget annuel des recettes et dépenses, pour le soumettre au Bureau ; et, s'il y avait des crédits à ajouter ou à supprimer, ou toute autre modification du budget normal à introduire, le Bureau était régulièrement consulté là-dessus par le président.

Cette action combinée du délégué et de l'économe avait les résultats les plus heureux en augmentant les revenus de fondations, surtout dans l'ancien collège des Lombards, dont le loyer, qui auparavant n'avait excédé la somme de 5,000 francs, s'est élevé à 15,000 francs par an ; dans la restauration de la maison de campagne ruinée par la guerre et plusieurs améliorations dans le collège par lesquelles on a obtenu quatorze chambres additionnelles avec la transformation et l'embellissement de la chapelle ; et il n'était que naturel d'attendre des résultats si avantageux de ce que la latitude permise à la discrétion du supérieur, dans les limites précitées, le plaçait dans une position à donner effet au zèle qu'il devait avoir pour des intérêts appartenant à son pays — motif qui avait décidé le Conseil d'État de le faire membre *ex officio* du Bureau gratuit.

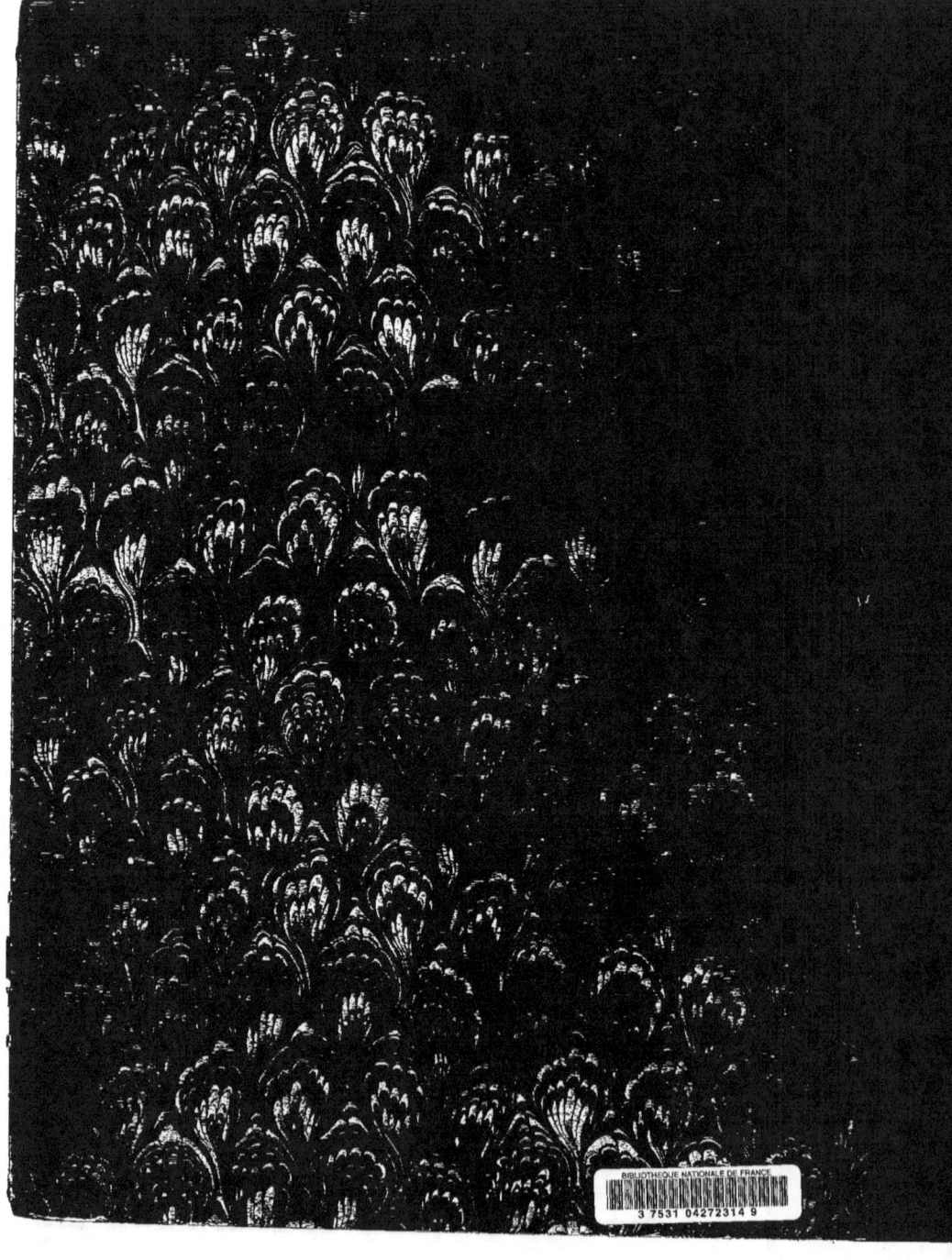

www.ingramcontent.com/pod-product-compliance
Lightning Source LLC
Chambersburg PA
CBHW061652180626
46818CB00003B/1068